그리움

平滿 **김희남** 시집

그대 향기를 그리고
아른거리는 그대의 무늬를 그리며
떠오르는 얼굴을 그리다가

끝내 그려진 것은
그대의 그리움이런가

한누리미디어

| 책 머리에 |

주위 분들의 응원과 격려 속에 그간 틈틈이
써왔던 시편들을 모아서 책으로 펴내게 되었습니다.

시를 체계적으로 배워 본 적도 없으며
단어 선택과 시적 표현에 있어서
특히 시상의 표출에 있어 매우 부족함에도 불구하고
이 시대의 어르신이라는 호칭이 붙게 되는 초로의 65세에
문학과는 아주 먼 공학도가 시집을 엮다니 꿈만 같습니다.

어설픈 감성에 어쭙잖은 시구,
이 모든 것이 허점투성이이지만
제 나름대로의 시적 역량을 모두 모아 표출했습니다.

그리고 필명은 평만平滿으로 이름했고
그렇게 써왔습니다.
세상을 살아가는 데 있어 근본적으로 좋지 않은 것이
불평불만不平不滿이라는 생각하에

여기에서 2개의 불不을 빼면 평만平滿이 남는데
바로 이렇게 평안하고 만족한 삶을
살아가고자 지어본 것입니다.

아무튼 이번에 발간하는 첫시집 '그리움' 을 시작으로
더욱 열심히 시창작에 임하여
좋은 시를 쓰는 좋은 시인으로 알려지도록 노력하겠습니다.
감사합니다.

2024년 2월 입춘지절에

平滿 김 희 남

차례

1부 / 시간 속에서

2부 / 추억 일기

3부 / 고장 난 시계

4부 / 사람꽃

차례

5부 / 그리움

6부 / 순례길

7부 / 허공

제 1 부

시간 속에서

4 · 5 · 6

꽃잎이 난다
바람꽃이 날아간다
4월을 피워내고 수놓았던
화려함을 벗어버린다

계절의 여왕 5월을 맞이하려고
라일락 향기와 진달래의 미소로
배웅받으며 사라져 간다

60이 넘은 초로의 인생
다가오는 열정의 시간
굳게 서서 고개 들고
얼굴 활짝 펴고 두 팔 벌려
불어오는 바람을 맞이하고 있다

9월

9월은 공존이다

여름 햇살이 여전히 따가워도
버드나무 짙푸른 잎 그늘에는
시원한 가을 바람이 깃들어 있다

앞서며 쉼 없이 달려온 열정의 여름 열기는
사뿐히 뒤따르는 풍요의 가을 향기에게
자리를 내어준다

열기와 향기가 맞닿은 공유의 시간 속에서
들판의 황금 물결이 일렁이고
온 산이 단풍으로 물들어가며
익어가는 열매의 풍성함과
풀벌레 울음소리로
한껏 이 가을을 찬양한다

이 모든 것이
서로서로를 부르고 손 맞잡아
시간을 함께하는 9월은

공존이고 공생이며
생명이고 축복이다

가을 속에서

봄바람에 그렇게도 흔들렸던 여린 잎의 소망
여름 무더위에 치열했던 짙푸르름의 열정
이제는 황금빛 노을 속
가을의 화려함 뒤로 감추어진 낙엽의 헌신

세월의 끝자락에서 보는 이 가을은
몇 번째이런가

그 가을이 나를 부릅니다
내 맘에 들어온 가을은
빛바랜 흑백의 추억들을
하나둘 단풍으로 물들이고 있습니다

가을 편지

늦가을 찬바람에 이끌려
어딘지 모를 곳
여행 떠나는 낙엽 잎새
뒤돌아보며 마음 전한다
'언제나 같은 마음이어서 고마웠어~'

이미 떨어져 숨죽인 채
나무 밑둥 고이 덮은 낙엽 잎
멀어져 가는 잎새에게 눈짓으로 말한다
'희망 잃지 말고, 꿈을 이루기를~'

모질게 불어대는 바람
가지에 아슬히 매달려
서러운 몸 떨고 있는 잎새
떠나가는 잎새에게 마지막
윤회의 바라춤을 추며 속삭인다
'꿈이 있는 곳에, 함께 하기를~'

모두가 각자의 사연으로
가을 편지를 쓰고 있다

나의 가을

빨알간 단풍을 눈에 담고 또 담다가
눈시울이 붉게 물들고

노오란 은행잎을 손에 줍고 또 줍다가
온몸은 행복으로 채워지네

바람에 출렁이는 갈잎을 마음에 담고 또 담았더니
마음 한 켠 고이 숨어있는
갈색 추억의 향기가 피어오른다

가을의 찬란함이 아쉬움 속에 멀어져가도
변함없는 위로의 사철나무 푸르름으로
이 가을을 노래하리라

겨울 속에서

차디찬 바람 불어 나뭇가지 흔들며
단풍의 화려함을 흑백의 겨울로 걷어가고
미몽 속의 마음 흔들어
아련했던 시간의 추억을 깨우고 있네요

포근한 함박눈 내려
앙상한 나뭇가지를 싸매어 보듬고
멍들고 상처 난 마음에
하이얀 위로와 사랑으로 옷 입혀 가고 있고요

겨울이 깊어져 가는 지금
바람의 색깔로
하늘의 꽃으로
고요한 안식의 밤을 맞이하고 있습니다

꽃잎이 난다

수줍게 망설이던 꽃망울
온기 품은 봄바람 숨결에
한껏 만개한 벚꽃의 자태
벚꽃나무들이 서로 기대고
손 맞잡아 만들어낸 꽃무리가
나를 유혹한다

한 발짝 한 발짝 꽃길 속으로 들어간다
가지들 사이로 보이는 푸른 하늘과 햇빛 줄기
가지에는 화려한 벚꽃
눈물겨운 이 봄날에
지난 겨울의 눈꽃 송이가 부활의 축제를 열고 있다

어디선가 불어온 봄바람
나뭇가지 흔들어 벚꽃 잎을 떨군다
발밑에 떨어지는 꽃잎들 차마 밟을 수 없어
눈부신 벚꽃의 향연에 발길을 멈춘다

연약한 꽃잎들이
머리 위로 어깨 위로 내려와 손을 얹는다

얼굴을 만지고 입을 맞추며 바람에 실리어 날아간다

꽃잎이 난다
나도 날아간다
내 마음의 조각들도 꽃잎 따라 날아가고 있다

바람꽃 · 1

이 바람에 떨어져 쌓인 벚꽃 잎은
세월 바람 넘고 넘어 쌓여진 애틋한 이야기

이 바람 따라 떠나가는 벚꽃 잎은
기대하며 꿈꾸었던 그리움의 여행

이 바람에도 꿋꿋이 달려 있는 벚꽃 잎은
희망 잃지 않고 오로지 지켜내는 기다림

이 봄을 맞이하는 벚꽃 잎의 축제 사이로
라일락 향기가 춤추며
봄 향기를 피워내고 있습니다

바람꽃 · 2

오늘도 또 하루가 지나가고
뉘엿뉘엿 노을져 가는 길가에는
벚꽃이 흩날리네

화려하고 찬란했던 자태도
언젠가는 바람꽃 되어
봄꽃 무리를 떠나가듯

우리네 인생 또한 그렇게
하루하루 한 잎 한 잎
떨구어져 가고…

봄 풍경

눈과 마음을 유혹하며
시리도록 찬란한 벚꽃의 자태
봄소식의 꽃무대를
흰 백색의 장식으로 화려하게 수놓았다
그러던 어느 순간
산들거리던 봄바람에 장엄한 산화로 맞이하며
촉촉한 봄비의 존재에 겸손한 추락으로 막을 내린다
맑게 개인 이 아침에는
찌를 듯한 라일락의 향기로
봄소식 축제의 2막이 시작되고 있다

봄… 그대

나뭇가지 흔들어 깨운 숨결로
겨울 끝자락을 고이 접어 보내며
차디찼던 시냇물 소리
메말랐던 새소리에
따스한 온기 불어넣고

한 손엔 저만치 오는
열정의 여름 손을 부여잡고
다른 한 손으론
파스텔톤의 꽃무리 어울림에
연녹색 카페트를 펼치며
우리 맞이하러 오는 그대

그대! 찬란한 봄이여~

봄 · 1

눈 녹은 시냇가
시냇물 소리 정겹고
불어오는 따스한 봄바람
코끝을 간지럽히며

새순 돋은 나뭇가지 위
기지개 켜는 새들의 날갯짓과 지저귀는 소리
아른아른 아지랑이 따라 춤추고 있는 꽃무리

눈물겨운 봄소식 풍경에
움츠렸던 마음 열리고
눈길 닿는 곳은 희망이
마음이 머무는 곳에는 사랑이 싹트고

어느덧 이 찬란한 봄은
이 모습 저 모양으로 다가오고 있습니다

봄 · 2

세차게 몰아친 찬바람 속
봄은 어디쯤인가
봄을 향한 그리움에 까치발 딛고 서성이는데

나뭇가지 흔드는 바람에
봄 숨결이 보이고
양지바른 곳 여린 잎에 봄의 따스함이 스며듭니다

어느덧 봄 내음은
지금 손안의 커피 한 잔의 온기와 향기 속에서
아지랑이 피워내고

그 봄은 벌써 성큼성큼
장미꽃 카페트로 날아와
가시상처의 아픔을 달래고 있네요

여름비 속에서

간밤에 몰아친 비바람
숨 막히듯 강렬했던 지난 여름의 뜨거움이 녹아내리고

더위에 지쳐 더욱 깊어진 진초록의 잎들은
그 비로 온몸을 적시고 있습니다

비 갠 뒤 흰회색의 첩첩이 쌓인 구름 사이로
빼꼼이 가을 하늘이 고개를 내밀고

버드나무 가지 흔들며 불고 있는 바람 속에도
청청한 가을 향기가 다가오고 있습니다

아쉬움을 뒤로한 채 멀어져가는 뜨거움을 바라보며
그 언젠가처럼 치열했던 우리네 열정은
어떤 비바람에 어디로 날아가 버렸는지

늦가을 빈 들녘 스치는 바람에 떨고 있는
허수아비 가슴으로 바람을 맞고 있습니다

여름이 간다

여름이 가고 있습니다

그리도 강렬했던 햇빛도 따스함으로 다가오고
모질게 휘몰아친 비바람도
생명의 단비와 잉태의 바람으로 바뀌어 갑니다

아마도 이 여름은 많이도 지쳤을 겁니다
뜨거웠던 열정을 놓으며
상처 많았던 순간들을 떠나보내고 있습니다

내 맘은 벌써 가을의 문턱
풍겨오는 가을 향기와 수놓아진 단풍 숲길
그 숲속 길을 거닐고 있습니다

입춘

매섭게 추웠던
길고 길었던 겨울 밤

마음에 새겨진 멍과 주름으로
아리고 쓰라렸던 그 밤에서도
남모르게 피어난 홍매화 꽃망울이
그립도록 반가운 봄소식의 위로를 전해 옵니다

이생을 살아내기 위한 괴로움과 아픔을
나만의 기억이 아닌
당신과 함께한 추억으로
봄의 문턱을 넘습니다

새롭게 다가올
생명의 숨소리
소망의 발자국
귀 쫑긋 까치발 딛고서
담 넘어 불어오는 따스한 봄 내음을 기다리며

눈이 내린다

소리 없이 내리는 눈

너나없는 각자의 크기에
바람 불면 부는 대로
아니면 아닌 대로
춤추며 떨어지는
순종의 하늘꽃

상처 난 대지 위로
멍든 마음 속으로 쌓이며
따뜻하게 포옹하고 있다

소리 없다 해도
말하지 않는 것은 아닌 듯
누구에게나 다가올 자연의 이치를 속삭이며
모든 이의 머리 위로
내려앉는다

조용히 쌓여가는
포근한 눈은
위로이고 진리이며 공감이다

시간 속에서

바람결에 벚꽃 날리고
라일락향기 가득하더니
어느새 바람 따라 춤추는 느티나무 가지들
시간이란 흐름 속에서 각자의 존재로 오고 간다

담장 너머로 장미가 피어오른다
꽃망울도 다르듯 저마다의 모양과 자태로 태어나
바람 따라 흔들며 춤추고 있다
새로운 시간의 손길이 붉디붉게 다가오고 있다

장미꽃 사이로 누군가가 떠오른다
이미 떠나가 버린 동무
아파하고 있을지 모르는 벗
웃으며 미소짓고 있는 친구

바람 불어 실려 온 시간이란 굴레 속에서
가슴 한 켠으로 꽃바람이 일렁이고 있다

제2부

추억 일기

강릉 여행

비 내리는 회색 빛깔 강릉바다
40년 시간에 기대어
같은 곳을 바라본다

너나없이 굴곡져 온 세월 속
너울대는 파도 포말 손길이
우리들의 추억을 감싸 휘돌고

너와 나 사이의 간격 속에
녹아있는 진실과 우정

황혼 속 땅거미를
어깨동무로 밟아간다

그는

그는…
술 한 잔 거나하게 걸치고 버스에 올랐다
오늘 따라 유난히 붐비고 차가 흔들린다
부대끼며 서서 차창 밖 네온사인의 불빛
지나는 사람들 모습 보며 피곤한 시간을 달래 본다
그래도 이 시간이 신이 주신 선물처럼
감사하다는 마음이 든다

감사와 행복 속에는 이미 지불된 비용들이 있었고
그것을 유지하기 위해서는 또 지불해 가야 할 것 같다
사랑, 마음, 배려, 희생 그리고 돈까지도

흔들리는 버스 안
비록 몸은 흔들려도 마음만은 단단히 붙들고
살아가리라 다짐해 본다

붐비는 버스의 군중 속에서도 서 있는 그의 공간이 있듯
누구와 비교할 필요 없는 그만의 인생이 있기를 바랄 뿐이다

그날 우리는

그날 우리는 바닷가로 나갔다

비록 구름 끼고 흐렸지만
출렁이는 회색 빛 바다가 우리를 반겨 주었다
무섭게 소리내며 달려드는 파도에도 아랑곳없이
삼삼오오 짝지어 바다를 보고
저마다의 얘기꽃을 피우면서
마음껏 외쳐 보기도 한다
어디선가 귀에 익은 누군가의 휘파람 소리도 어렴풋이 들려오고
어깨 맞대어 전해져 오는 따스한 체온도 느껴 본다

같은 곳을 바라보다가
선뜻 각자의 길 속으로 걸어가 헤어진 후
다시 이렇게 이곳에서 서로 기대어 서서
또 같이 한 곳을 바라보게 된 지 수십 년
한순간의 바닷바람에 마음속 무지개를 떠올려 본다
한참을 그렇게 걷고 서 있다가
누구라고 할 것도 없이 서로들 발길 돌려 떠나려 하고 있다

그러나 문득 바람 부는 바닷가에

누군가를 홀로 남겨둔 채 온 듯한 허전함에
몇 번이고 뒤돌아보고 또 보고

그곳에 남겨진 이가 친구였던가
아니면 나였던가

여전한 파도 소리가 귓가에 맴돌고
무심한 바닷바람만이 멍 뚫린 가슴 속으로 휘몰아친다

그대들의 정원

그대들은 이미
크건 작건
풍성하건 부족하건
조그마했던 씨앗들이
뿌리를 내려

누군가에게는
가지와 잎을 내어 그늘을
꽃을 피워 미소와 기쁨을
열매 맺어 사랑과 생명을
잉태하였음을

이제는 310*의 정원에서
서로의 빛이 되고 바람 되며
서로의 구름 되고 비가 되어
살아가기를 기도합니다

*310: 한영고 3학년 10반

그의 길

발은 제주도 올레길
마음은 산티아고 순례길

앞서 간 이들의 사연길
그들의 발자국에 담겨진 고뇌길

무념무상이 되어 걷는 게 아니라
걸으며 거친 숨소리에 무념이 되어가고
걸으며 흘리는 땀으로 무상이 스며드는 길

그 길이 그의 길이 되고
그가 그 길이 되기를

변주곡 4060

- 성기알 58년 제주환갑기념

제주바다를 물들인
쪽빛 추억이 출렁거리고
화사한 유채꽃 꽃무리 속에서
한바탕 흐드러진
웃음꽃이 피어나며
잿빛 하늘 위에 걸린 무지개 오선지에
마음의 음표들이 만들어낸
사랑과 우정의 변주곡이
아직도 내 마음 속에서 춤추고 있네

우리는 · 1

별빛 덮은 구름 아래로 와인잔을 부딪힌다
주변 테이블에서 들리는 다정한 사랑의 속삭임과
울려 퍼지는 파두 선율
포루투 낭만의 향기가 피어 오른다

불어오는 바람에 발렌타인 나뭇잎은 춤추고
은은한 가스등 불빛 아래
우리의 눈 속에는
우정이 반짝이고 있다

스카이라운지 불빛 속
마음 한 켠 미련과 아쉬움 날려 버리고
흩어진 사랑의 실타래
한 올 한 올 엮고 내고 있다

우리는 · 2

웃고 있어도 아파하고 있다
말은 하고 있어도
쓰라린 가슴 부여잡고 있다
눈을 마주치고 있어도
맺혀 오는 이슬에 희미해져 간다
손을 잡고 있어도
고통의 떨림이 전해 온다

부딪히는 술잔 소리에
각자의 외침을 담는다
수고했다고
아파하지 말라고
힘내라고
그리고 사랑한다고

헤어져 돌아가는 길
구름 낀 밤하늘 위로
우리들의 별을 찾아본다

우리들 이야기

막걸리 한잔 속에서
찰랑거리는 이야기들이 웃음꽃을 피워내고
문득 창문 밖에는 소리 없이 눈이 내리네요

눈이 내리는 게 아니라
포근포근 꿈이 날아와 안기고 있어요

저 먼 곳 우리의 별에서 빛나던 꿈과 소망이
천둥소리 뒤로하고 몰아친 그 무거웠던 비가
버리고 비우듯 환생하여 가벼워진 이 눈과 함께

우리의 이야기 속으로
우리의 마음 속으로
채곡채곡 쌓여지고 있답니다

장미축제 · 1

담장 주위로 장미축제가 열렸다

흐드러지게 피어 한껏 뽐내고 있는 검붉은 장미
담장 넘어 훤칠한 키에 부드럽게 고개 숙인 청아한 백장미
담장 사이를 비집고 얼굴 먼저 내밀어 반겨주는 핑크빛 장미
비록 키 작고 가냘퍼도 피워 내려 애쓰는 빠알간 색 꽃봉오리

담장 주위는 장미꽃잎 카페트로 물들어가고
축제의 꽃들 사이로는 진하디진한 그들만의 향기가 풍겨난다

초여름의 뜨거운 열기
화려한 장미축제 속에서
내 마음 또한 피어나고 있다

장미축제 · 2

마젠타 빛 장미축제 꽃무리 속으로 바람이 분다

부는 바람에 온갖 모양의 장미들
인사하고 몸 흔들며 바람선율에 맞추어
꽃인사를 나누며 춤을 추고 있다

내 마음도 장미향기 그윽한 붉은 꽃잎 카페트 위
로즈와인에 취한 듯 붉은 왈츠곡조에 따라 춤을 추고

이 모습 저 모양으로
찬란한 열정의 여름은 내 맘속에서 시작되고 있다

제주바람

제주의 바람
그대의 바람이 되어
가슴속 사연의 돌맹이들
그 사연 속에 얽힌 실타래
한 올 한 올 풀어서
모두 훝어 담아가기를

제주의 바람
그대의 바람이 되어
가슴속 말 못한 아우성들
한 발 한 발 올레길 오르며
밟아가는 소리와 함께
모두 훝어 가져가기를…

제주의 바람
간절함과 사랑의 바람으로 다가와
남겨진 그대의 시간에
한 땀 한 땀 수놓아지기를

친구 · 1

그들은 와 있었다

마주잡은 손에 따스함이 나를 반긴다
서로를 바라보며 그들의 눈동자에 새겨진
나를 보고 있다
다행스럽게도 건강한 모습들
아직도 초롱초롱한 눈들이다

고마웠다
마음이 벅차오른다
목소리가 높아진다
말이 헷갈린다
그러나 마음에는 한없는 평화가 깃든다

살아있음에 행복감이 밀려온다
부딪히는 술잔 속에 술이 찰랑찰랑
찰랑거리는 술잔 속에서 그들이 나를 부른다

그리고 나는 지금 그들을 마시고 있다

친구 · 2

그는 먼저 와 있었다

자리에 앉자 고이 가져온 귤을 한 움큼 건네며
망설이듯 손을 마주 잡는다
막걸리 한 사발을 음미하듯
조심스레 두어 모금 삼키며
말을 시작한다

멈칫거리며 말하는 그의 눈에는
이슬방울이 보이는 듯하다
오고 가는 대화 속에서
서글픈 웃음일까
가끔은 큰소리로 모든 것 털어낸 듯
너털웃음으로 화답한다

어느 순간 그의 목소리는
희미하게 흔들리고 있었다
지난날의 회한 속
만들어져 버린 틀에서 탈출하여
자유로운 영혼을 갈망하면서

약간은 취기 서린 얼굴에
변화를 추구하며
다시 한번 다짐하는 모습에 안도감이 든다
맥주 한두 잔을 더 걸치며
같은 말을 두어 번 반복하고는
뭔가를 다짐한 듯 황급히 집으로 발길을 돌려간다

뒤돌아서 가는 뒷모습에
어느덧 밤 무지개가 뜨고
파랑새가 그의 어깨에서
지저귀고 있었다

친구 · 3

그리 지루했던 코로나를 뚫고서 이제서야 모였다

미리 와 있는 친구들
이미 두런두런 대화 속에 웃음꽃이 피어 있다
뒤이어 오는 친구들… 한 명 또 한 명
눈인사로 말하고 손인사로 포옹한다

거칠어진 손, 힘 있는 손, 부드러운 손, 따뜻한 손
마주 잡는 손은 달라도
느껴지는 손은 모두가 한결같이 말한다
"반갑다 친구야."

모두가 하나 되고 건배사에 장단 맞추며
술잔을 부딪치고 함께 들이킨다

술잔 속에 비추어진 친구들의 모습
몸으로 부딪치고 마음으로 넘어온 세월들
눈가에 아련한 이슬이 스쳐 지나간다
"고맙다 친구야."

맘껏 웃고 떠들고, 자리 바꾸며 어깨동무
어느덧 밖에는 노을빛과 반짝이는 네온사인들
다시금 술잔을 부딪친다

우정을 안주 삼아 사랑을 마시고 있다
아니 우리는 지금 서로를 마시고 있다
"사랑한다 친구야."

추억 일기

꽃샘추위 속 몽베르 라운딩
상쾌한 바람
수려한 풍광
정다운 친구
막걸리 한잔에
세월의 찌든 때 날리며
한바탕 웃음꽃이 피어난다

너의 눈물 속에
우리의 슬픔과 아쉬움이 녹아있듯
너의 미소가
우리의 등댓불 되어
어깨동무로 같이 가자

이제는 각자의 기억보다는
함께하는 추억의 일기를 써 내려가 본다

나뭇잎 축제

나뭇잎 파노라마가 펼쳐지고 있습니다

나뭇잎 사이로 스며드는 햇빛
나뭇잎 사이를 스쳐가는 바람
나뭇잎 사이위 덮고있는 구름
나뭇잎 사이를 바쳐주는 하늘
나뭇잎 사이로 떠오르는 얼굴

무성한 나뭇잎들이 축제를 벌이고 있습니다

따뜻한 겨울

매서운 칼바람을 가르며 시외버스에 올랐다

두꺼운 외투 자락 부여잡고 타고 내리는 군중들
저마다의 갈 길에 숭고함과 비장함마저 느껴진다

차창밖에는 이미 꽁꽁 얼어붙은 침묵의 대지
차창에 스쳐 지나가는 온갖 겨울 풍경
그 사이로 언젠가 그들과 함께한 추억이 서려온다

....

그들은 와 있었다
마주치는 눈으로 안부를 묻고
마주잡는 손으로 화답을 한다

그 옛날의
날카롭던 눈매는 정겨운 눈길로
단단하던 손매는 따스한 손길로 바뀌어 있다

주고받는 술잔 속으로
우리들의 별이 빛나고

이야기 물결이 출렁이며
웃음꽃 향기가 피어오른다

따스한 밤은 이렇게 깊어가고 있다

몽고를 지나온 2개의 별 또한
반짝반짝 빛나고 있었다

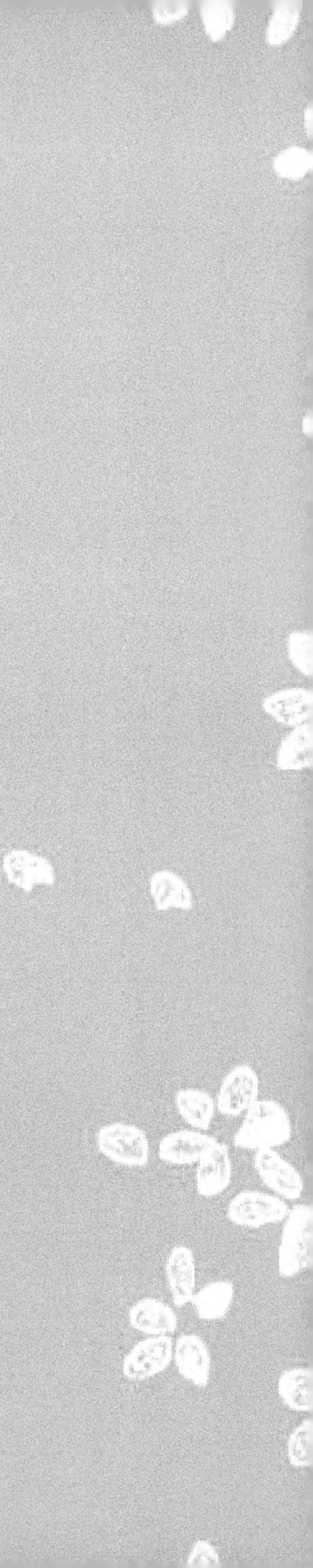

제3부

고장 난 시계

My way

차가운 아스팔트 구석에 핀
이름 모를 꽃이 보이고

혼탁한 밤하늘 구름 사이로 떠 있는
아스라한 별이 보이며

귀밑 스치는 봄바람의
속삭임이 들린다면

이제는 겸손히
나의 순례길을 갈 수 있으리

가을 생각

그대는 지금

무슨 가을이 보이는가

어떤 가을에 시선이 머무는가

어느 색의 가을에 물들고 있는가

어떻게 이 가을을 맞이하고 보낼 것인가

다가올 가을은 몇 번이나 남았을까

그대는 지금
무엇을 하고 있으며
어디를 향하고 있는가

가을 바람

바람이 부네요
가을의 소슬바람이

귀밑 스쳐 지나가는 바람길이
만들어낸 오선지에
형형색색의 잎사귀 떨어져
만들어내는 소리가 들리네요

가을 바람 향연 속
눈길 타고 들어온 축제의 연주가
내 맘속에서 메아리쳐 울려 퍼지네요

바람이 부네요
내 인생의 가을 바람이

갈대

버린 줄 알았습니다
옆을 보니 여전히
손과 발을 붙잡고
이리저리 끌고 당기며
흔들어대고 있더이다

비웠다고 생각했습니다
뒤돌아보니
비워졌다는 마음 그릇에
아직도 생생히 자리 잡고
스멀스멀 연기까지
피어오르고 있더이다

버리지도 비우지도 못하는
어리고 어리석은 생각과 마음
갈 곳 몰라 멈추어 선
60고개 넘은 초로의 갈대가
세월의 바람에
여전히 흔들리고 있습니다

감사

비록
높지도 낮지도 않은
나의 자리일지라도

비록
크지도 작지도 않은
찌그러지고 울퉁불퉁한
나의 밥그릇일지라도

비록
빛깔도 향기도 덜한
나의 열매들일지라도

꽃이 보이고
별을 헤아리며
석양노을에 눈이슬이 빛난다면

이미 에덴의 행복 속에
살고 있음에 감사합니다

꼰대

여우비가 떨어진다
"화창한 날 비 떨어지면 호랑이 장가가는 날이야"
갑자기 썰렁한 분위기에 서로 마주 보며 어리둥절
"뭐지? 그래서 어쩌라구"라고 소리치듯 눈들을 깜박인다

꼰대가 되어 있었다
싸우는 애들을 말리다가 넘어져 무릎이 깨진다
힘없는 꼰대다
수다 떠는 아줌마들 사이로 끼어들며 낄낄거린다
할 일 없는 꼰대다
TV 보며 가슴이 아파 오다 결국 눈물 흘린다
가슴 여린 꼰대다
이것저것 해 준다면 참견하다가 핀잔 듣는다
오지랖 꼰대다
밥 먹고 소파에 기대다가 어느새 코 골며 잠이 든다
언제 갈지 모르는 꼰대다
이래저래 꼰대가 되어 있었다

그래도 살기 위해 노력했고, 내 가정 위해 땀 흘렸다
자랑스런 이 나라의 멋진 꼰대!
후회는 없다

고장 난 시계

멋있었고 힘 있고 정확하던 시계였다
각자의 바늘은 주어진 역할에 충실히
서로를 보듬고 겹쳐지며
모두의 관심과 시선 속에 행복했던 시간이었다

그러나 이제는 마주치는 때가 없다
서로 조금씩 빠르거나 늦더니 멈추기도 한다
완전히 지 멋대로다

찌렁찌렁 울리던 소리는 어느덧 가냘퍼져 버렸다
태엽을 다시 감고 건전지를 갈아도 아무 소용 없다

이젠 누구도 눈길을 주지 않는다
구석으로 밀린 채 자리만 차지할 뿐

그래도 가고 있다
힘없이 쉼없이 덧없이
정해진 숫자판 위를 떠나지 못하고
어딘지도 모르며 존재도 잊은 듯이

그저 간다
묵묵히 가고 있다
언젠가 지쳐 서버리는 날
버려지는 그날만을 기다리는 듯

마이웨이

구름 걷히면 돌아가련다
답답했던 어두움 떨치고
반짝이는 별과 달빛이 비추는 그 길로

바람 멈추면 돌아가련다
휘청이던 바람 툭툭 털고
색깔과 향기의 낙엽 깔린 그 길로

비 그치면 돌아가련다
세월에 젖은 무거움 벗고
빗물 고랑 따라 졸졸 소리 내며
아지랑이 손짓하는 그 길로

눈 그치면 돌아가련다
아슬하게 걸어왔던 곳
뽀드득 소리 밟으며
나만의 그 길로

희망 · 1

오로지 높이와 속도만을
강요당하고 추구했던
무한경쟁의 터널을 지나온
그 어느 날

작고 낮은 채송화 꽃에 걸려 있는
영롱한 이슬이 보이고
좁은 골목길 모퉁이에
길고 느릿하게 드리워진
한 줄기 햇살이 느껴지며
이름 모를 들꽃의 미소와
수 많은 별들의 속삭임이 들려진다면

아직 내 손안에 주어진
행복이 있음을 감사하며
별과 꽃의 위로와
햇빛과 이슬의 아름다움으로
다시 한번 내 몫의 삶에
까치발 디뎌 희망을 보며
가꾸어 가리라

희망 · 2

한해 삶의 부끄러움
단풍 속으로 물들이고

한해 삶의 무거움
낙엽 사이로 날려 보냅니다

한해 삶의 땀과 눈물
가을 바람에 씻어 말린 후

한해 끝자락 마무리
하이얀 눈꽃송이 마음 되어

올해도 또 다시 새롭게
희망의 새해를 기다려 봅니다

환갑

나를 버려 네가 살고
나의 해를 떨구어 새로운 날이 밝아오며
나의 생각을 묻어 노을진 저녁에
희망의 꽃줄기가 피어오른다면

기꺼이 나의 환갑을 바치리라

무제無題

가을의 풍성함도 지나가고
춥고 차가운 은둔의 겨울이 찾아왔다

이 겨울을 온전히 참아내면
새싹의 봄기운이 희망과 함께 찾아온다

또 다시 뜨거운 여름의 수고와 노력이
열매라는 것으로 보상을 할 것이다

사계절이 오고 가면서
만들어낸 고통과 보람, 은둔과 희망이라는
자연의 섭리 앞에

나는 과연 어떤 모습으로 서 있는가

바구니

담으며 살았고 담겨지려 애썼다
버리지 않았고 버려지지 않으려 발버둥쳤다

무엇이 그리 소중했고
뭐가 그다지도 불안했던가

마음 작아 담지를 못하고
욕심 많아 담겨지지 못했으며
놓지 못해 버릴 줄 몰랐고
또한 버려지는 것이 두려웠으리라

세월 바람 따라 버리고 담지 않으니
어느덧 텅 빈 바구니
가볍고 홀가분한 자유함이 깃들어 온다

반反 3S Llife

Simple Life
심플하게 살고자 했던가
조각내 버렸던 마음 파편들
덩어리 되어 짓누르네

Service Life
봉사하며 살고자 했던가
부스러기 소유에 눈멀어
마음의 봉사가 되었네

Shared Life
나누며 살고자 했던가
나눌 것 없다는 마음에
귀밑 스치는 솜바람에도
초라한 몸을 떨고 있네

인생여행

14시간의 시간
기원전과 21세기의 시간
9천킬로미터의 공간
로마와 서울이라는 공간

그 장엄한 시공간을
티끌 같은 현재로 넘나들고 있다

사라져간 존재들
살고 있는 사람들
살아갈 누군가들

엄숙히 전해져 온다
주어져 남아있는 시간을 잘 살아내라고

나의 현재가 멈추는 그때
눈 뜰 수 없는 그 날이 오기 전
후회 없이 살기를 바라며

우향雨香

비 오는 소리에
내 마음 속 풍금

망막에 스쳐간
아스라한 그녀

들이치는 빗방울에
풍금소리 타고 넘는
아리따운 그녀 향기

봄바람

찬란했던 벚꽃을
미련 없이 데리고 간 봄바람

상큼한 라일락 향기를
한껏 품고 돌아온 봄바람

봄 축제의 한복판
여린 버드나무 잎 어설픈 그늘 아래에서
그 바람을 맞고 있습니다

나무

나무는 견디어 냈습니다
차디찬 칼바람과 몰아치는 눈보라에
흔들리는 가지들을 붙들고서…

나무는 기쁜 고통을 받아들이고 있습니다
메마른 가지 뚫고서 생명의 새순을 피워내며…

나무는 꿈꾸고 있습니다
따스하게 불어오는 봄바람과
강렬한 햇빛으로 무성해질 그때를…

나무의 인내와 고통과 꿈 앞에서
한없이 휘도는 부끄러움과 회한으로
갈 곳 몰라 서성이고 있습니다

제4부

사람꽃

고통

고통은
아픔이고 외로움이다
몸이 아팠건
마음이 아팠건
느껴본 그만이
알 수 있는 아픔
외로움에는 무슨 말과 행동이 위로가 될까

단지 그의 옆에서 같이 호흡하며
서로가 내뱉은 날숨이
서로의 들숨 되어 들어와
서로의 마음속에서
느껴지는 것이겠지

오롯이 그만이
말 못할 마음을 참아내며
어찌할 수 없는 외로움을 극복해 내야 하는
자기와의 처절한 싸움만이 있을 뿐
고통은 결국 혼자만의 것이기에
외로움 그 자체인 것이다

나의 크루즈

낮과 밤을 오가며
오롯이 바다뿐인 망망대해

모든 것이 두절된 익숙지 않은 적막감
그 속에서 다가온 고요한 자유함

자전하는 지구 위
검푸른 바다를 가르며
얼음지치듯 미끄러져 나아간다

목적지가 정해져 있고 도착이 예정된 항해 속
내 인생의 항해는 지금 어디로 향하고 있고
마지막 항해는 언제가 될 것인가

남아있는 미지의 항해
어느 곳에도 머물지 않고
어떤 그물에도 걸리지 않는
바람의 마음으로

노송 여정

땅거미 지는 어스름한 산중턱
뒤틀어진 소나무 한 그루

마음은 여백 없는 도화지
몸은 투박한 흙덩어리

무엇이 되려고 했었나
어떤 모양을 원했던가

산바람 몰아치는 비탈길
휘청이며 내려오는 길
서성이며 돌아보고 또 돌아보고

언제쯤 내려갈 수 있을까
어디로 향하고 있는가

이미 발길은
어스름한 밤 구름 벗어난 달빛 밟으며
밤 벚꽃 향기가 손짓하는 그 길로 접어들고 있네

미연美緣

접점의 인연으로 만나
선이 되고 면이 되며 공간이 되어
그 안에 사랑과 우정을 채우고
그 또한 마침 점으로 헤어지는 필연

허락되어지는 한
지금이라는 공간에서
춤추고 노래하며
서로에게 꽃이 되고 별이 되기를…

부활

찬란한 꽃의 염원을 담아
단단한 껍질을 뚫으며
내 몸을 쪼갠 고통

영광의 열매를 소망하며
가녀린 꽃잎을 떨구어
스스로 흘린 눈물

그 고통과 눈물로
불멸의 생명을 잉태하는
우리들의 거룩한 행보

비바람 속에서

겹겹의 잿빛 구름 사이로
비바람이 몰아치고 있다
대지를 적셔가며 뜨거운 날들을 달래듯
내 안에 젖어 들어 치열했던 욕망의
티끌들을 씻어내고 있다

몰아쳐 오는 바람에
어수선했던 날들이 숨죽이듯
혼탁했던 내 맘속 잡념의 먼지가
흩날려 사라지고 있다

비바람이 거세게 다가올수록
마음은 텅 빈 고요함 속
무채색의 적막감이 깊어간다

사람꽃

사람은 꽃이다

어디서 왔는지 모른 채
저마다의 뿌리와 줄기와 잎으로
꽃을 피우고 향기를 뿜는다
못 다한 꿈을 담고 담아
스치는 바람에 씨뿌려 본다
한바탕 존재의 향연을 뒤로한 채
피곤한 몸으로 대지 위에 드러눕는다
다시금 맑은 하늘과 얼굴 맞대고
씨앗의 꿈에 미소 지으며
넓고 인자한 대지에 몸 맡기어
그 어디론가로 여행을 떠난다

사람이라는 꽃이
또 다른 시간여행을 떠난다

시보리

흠뻑 물먹은 시보리*
닦아주기보다는 흘릴 뿐이다

꼭꼭 짜고 또 비틀어
물을 뽑아내고 버린다

뽀송뽀송해졌다

누구의 땀도
누군가의 눈물도
받아들일 수 있게 되었다

비로소 가벼워졌다

나도 이제
뽀송뽀송해야겠다

*시보리: 시의 느낌을 위해 물수건을 일컫는 '시보리'라는 외래어를 씀

인생 · 1

봄 끝자락 경계선 넘어
넘실거리듯 다가오는
여름 향기를 마주 대한다

가고 오는 시간이 만나고 겹치는 지금
경계선에 서 있는 인생은
무엇을 어찌하며 맞이하고 있는가

인생이 시간의 흐름을 타고 넘는 건지
머물러 있는 인생을 시간이 스쳐 지나가는 건지

시간이 겹겹이 쌓여 세월이 되고
그 세월이 만들어낸 듯 깊은 주름과 영광의 상처
아쉬움과 소망 속에 석양 지는 노을녘
남아있는 시간을 두 손 모아 마주 대한다

인생 · 2

한순간의 봄바람에
벚꽃 자태 간곳없고

새초롬한 봄비 내려
라일락 향기 흩어진다

이 모습 저 모양으로
사라지는 꽃과 향기

우리네 촛불도 조금씩 흔들린다

인연 또한 서서히 그렇게 잊혀져 간다

자유

걸으며 또 걸으며
버리고 또 버리고
비우고 또 비워서
오로지 남아있는 것은
들숨과 날숨 사이에서 존재하고 있다는 것

그것 자체가 감사이고 복된 것임을 아는 순간
별과 바람과 꽃의 자유함이
내 안에서 빛나리라

하나가 되어

서로 다른 뿌리에서 싹 터 자라온 둘의 존재
이제는 각자의 하나에서 함께하는 하나가 되어
살아가기로 약속합니다

거칠게 다가올지 모를 세상의 비바람 속에서도
서로의 몸과 마음을 기대고 보듬어 헤쳐 나가며

어떠한 경우라도
같이 햇빛을 쬐고 함께 비를 맞으며 바람을 맞이하고

사랑과 배려로 맞대어 하나가 된
연리지로 꽃피우고 열매 맺으며
새가 지저귀는 둥지를 만들어 갈 겁니다

살아가는 동안 언제나 희망의 무지개가 뜨고
행복의 세 잎 클로버가 가득하기를

한해의 끝자락에서

무심히 부는 찬바람
마지막 잎새 하나가 흔들리다 떨어진다
엄중한 세월의 흐름에
남은 한 장의 달력도 떨어져 간다

우리네 인생
지나간 시간을 반추하며
새로운 소망의 시간을 꿈꾸어 본다

언제나의 시간 속에서
변함없는 솔나무처럼
무성한 느티나무처럼
화려한 단풍나무처럼
흰옷의 자작나무처럼
더욱 꿋꿋하기를 바라며

행복

석양이 드리우는 언덕
광야에서 소리치듯
치열한 잡념의 한복판에 서 있다

뒤돌아보니
살아온 길 마디마디 곳곳에
아쉬움과 회한의 숨소리가
여기저기 뚝뚝 떨어져 있다

저 멀리서 부어오는 바람
온몸을 휘감아 돌며
뒤안길 시선에 멈칫거리는 나를
석양 속 밤 무지개 희망으로 안내한다

불어온 바람이 속삭인다
“이젠 행운의 네잎클로버는 나에게 주고
지금 서 있는 너의 발밑을 봐봐
너는 이미 세 잎 클로버 행복의 잔디 위에 서 있잖아~.”

제주의 향기 · 1

카페 델몬도 앞 바람 부는 회색빛 바다
눈길 닿는 저 먼 곳에선
포말 품은 파도가 겹겹이 춤을 춘다

커피잔 속에 피어나는 커피향에 취하고
넘실대는 짙푸른 옥색 빛 바다소리 속에서
각자의 음표로 연주를 하고 있다

해녀밥상에 곁들여 소주 한잔 기울이며
흐드러지게 웃는 얼굴에 지나온 세월 속
쌓여진 우정이 새록새록 솟아오른다

씨오르에 피어나는 귤꽃의 향기가
저녁노을 물들이며
우리의 코끝에서 속삭이고 있다

제주의 향기 · 2

그때 그 길을 걷는다
산방산 앞 유채꽃 향기
화향백리라 했던가
꽃무리 속 각자 꽃이 되어
뽐어대던 그들의 향기가 피어오른다

일출봉 앞 바닷가 횟집
주향천리라 했던가
회 한 점에 기울이던
그들과의 소주 한잔
그 향기가 전해 온다

애월바다의 해변길
인향만리라 했던가
같이 걸으며 두런두런
각자 삶의 이야기였던
그들의 향기가 풍겨 온다

그때 그 향기에 취해
땅거미 지는 그 길을
추억 속에 걷고 있다

사랑의 레시피

오늘도 칼을 잡는다
가족들을 위해 요리를 만든다

고기를 한입크기로 자른다
입안에서 잘 씹히도록

야채와 섞어 밑간을 한다
혀끝에서 맛있게 감길 수 있게

밑간한 고기에 양념을 넣고 향신료를 뿌려 익힌다
정성껏 휘저어가며 맛있게 맛있게 익기를 기도하듯

한상에 둘러앉아 하나의 음식을 마주한다
저마다의 입맛에도 같이 웃고 이야기하며
맛있는 눈들이 마주친다

서로의 사랑을 먹는다
한마음으로 주고 받는다

어느샌가 가족들의 어깨 위로
무지개가 피어오른다

인생 터널

인생길에서 만나는 크고 작은 터널들
시간의 터널보다는 마음의 터널로 생각해 본다

작고 짧은 터널은 직관적인 생각과 행동으로 지나가지만
깊고 긴 터널은 우리를 고통과 외로움 속으로 밀어 넣는다

터널에 들어가기 전에 느끼고 누렸던 행복과 즐거움만큼
더욱 더 깊은 어둠의 골짜기로 우리를 끌어들인다
만감이 교차하며 인생의 쓴맛과 처절함이 느껴진다

그러나 그것을 느낄 수 있다는 것은
살아있기에 가능한 일
아무리 깊고 어둡고 길어도
언젠가는 빠져 나간다는 진리를 아는 순간
그 터널 속 시간도 다시 행복의 길로 나아가는
또 하나의 진리의 길임을 알게 된다는 것이다

'이 또한 지나가리라'

제5부

그리움

그대 · 1

술 한 잔 기울이니
그대가 보이고

그대가 보이니
술잔이 비었네

그대 보려고
술잔을 기울이다 보니

이 밤 하얗게 지새우고
소복이 쌓인 그리움에
그대 얼굴 안 보이고
그리움만 소복이 쌓일 뿐

그대 · 2

내 맘속에 그대 있기에
미안하다는 말은 낯설고

그대는 언제나처럼
나의 바람꽃

기다리는 나는
그대의 해바라기

길어진 석양의 손길
한 자 더 길어진 그리움에

애타는 마음의 그림자는
끝을 모르고

짝꿍의 입원

많이 아파했습니다
그러길래 왜 미리 관리하지 못했냐며 짜증만 냈습니다
더욱 아팠을 겁니다, 몸보다 마음이
외로웠을 겁니다, 못된 성격의 남편 때문에

웃고 있었습니다
난 진짜로 기분 좋아 웃고 있는 줄 알았습니다
내가 웃고 있는 모습을 보려고
나의 속 좁음으로 인해 내 얼굴이 꾸겨지지 않도록
소리 없는 울음을 보지도 듣지도 못했습니다

미소 짓고 있습니다
오래 전부터 그런 줄 알았던
무거움에서 벗어난 그 해방감에서
그러나 아무것도 해 주지 못한 나에게 고맙다고 합니다
찢어지고 꿰매어진 자기 몸보다
멀쩡한 내 마음의 구석을 보고 있습니다
순간 나는 멍해집니다

무언가 내 옆을 스쳐 갔습니다
잠시 걷고 오겠다며 나갔다 돌아온 약한 숨결이
코 골고 자는 나를 위해
아픈 몸 다시 이끌고 나간 것을 나중에 알았을 때
나는 아무것도 아니었습니다

이제는 이제는
이 사람뿐임을
말할 자격도 없음에
부끄러움이 한없이 내 얼굴을 세차게 때리고 있습니다

*2013년 8월 11일 한 짝 없는 거실에서

그리움 · 1

그대 향기를 그리고
아른거리는 그대의 무늬를 그리며
떠오르는 얼굴을 그리다가

끝내 그려진 것은
그대의 그리움이런가

그리움 · 2

모여 있던 그때 그곳에 서 있다
손잡고 눈 맞추며 삼삼오오 두런두런

전화로 안부 물을 수 있는 이
부르면 달려 나와 소주 한 잔 부딪칠 수 있는 이
멀리서나마 소식이라도 알 수 있는 이
보고파도 먼저 이승을 떠난 이

그들 모두가 지금 이곳에 있다

그때의 온기와 향기가 맴돌며
다시금 내 마음속 파도가 일렁이기 시작하고

그리움 · 3

눈 감아
망막에 그려진 얼굴

그려진 것이
얼굴 아닌 마음이 아닐까

결국 그리움은
그리워서 그려낸
마음이런가

그리움 · 4

희미한 네온사인 위로 잿빛 구름이 휘돌아가고
몰아치는 비바람에 밤은 깊어가는데

겹겹이 쌓인 마음속에 지나간 시간의 사진첩
커피 한 잔의 그리움으로
한 장 한 장 넘겨본다

아름다웠던 추억의 향기
안타깝고 답답했던 순간
행복에 들떴던 그 자리
눈물로 지새운 시간
사랑으로 기도한 그 때

소쩍새 사연 깊어가듯
마음 한 켠으로 사무치는
이름 모를 그리움에 잠 못 이뤄 뒤척이고

호두 탄생

- 2019.02.23.09:25

호두의 첫 하늘
가족 모두의 새하늘
햇살로 구름으로 바람으로
어우러진 감사와 희망

호두의 첫 울음소리
가족이 함께하는
축복의 합창 속에
울려 퍼지는
사랑의 하모니

호두의 첫 몸짓
가족들이 눈 맞추고 포옹하며
손 맞잡고 춤추는
새봄의 아지랑이 향연

*호두(유준이 태명) 할배

바람

어디선가 불어오는 바람
두 팔 벌려 온몸과 맘으로
한껏 포옹하며 맞이한다

부는 바람에 머리칼 날리며 머릿속 먼지들을
몸으로 받아들이며 마음속 찌꺼기들을
흩어 날려 보낸다

어느덧 그 바람 안에
또 다른 그대라는 바람이 불어오기 시작한다

내 맘속 어딘가 숨어있던 그대 향한 그리움이
바람꽃으로 피어나 향기를 품어내고 있다

지금 이 순간 그대의 마음 속에도
나의 그리운 바람이 불고
향기의 바람꽃이 피어나기를

봄비 · 1

창문 넘어 빗소리
마음 문 두드리고
추억의 실타래 풀어
한 잔의 커피 속에서
너를 그려본다

봄비 · 2

봄비가 대지를 적신다
연녹색 잎을 타고 내려와
대지의 품으로 안긴다
내 맘에도 봄비 내려 젖어간다
세월 속에 낀 때를 녹여 내린다
이 봄비로 씻겨진 연녹색 영혼을 소망해 본다

D+7

다가오기 전에
다가가지 말자

왜?

넌 이미 나의 전부이고
지금이라는 시공간 속에서
서로의 들숨과 날숨을 주고 받으며
생명을 같이하고
삶의 연장선 위
단지 앞과 뒤의 동행자이기에

*D+7: 생후 7일째 준이 할배가

가을 연주

가을 햇살에 얼굴 맞대어 전해져 오는 따스함
어렴풋 뜬 실눈 틈새로 스며든 햇살의 미소
시냇물 소리로 유혹하는 속삭임
눈 감아 느껴지는 귀밑 스치는 바람의 손길
단풍의 화려함과 떨어진 낙엽의 숭고함

이 모든 가을 향연의 연주에
맘 열고 두 팔 벌려
오솔길의 순례를 떠나봅니다

세월의 낙엽

차디찬 바람 부는 언덕
이 바람이 머무는 저곳에
내 마음이 닿아있고

이슬 맺힌 시선이 머무는 저곳에
그대와의 추억이 서려 있네

그대가 없는 이 언덕엔
황량한 바람만이 쓸쓸히 휘몰아치며

뒤돌아봐도 돌아오지 않는
세월의 낙엽들은

포근한 겨울의 눈꽃으로
내 몸과 맘으로 하얗게 하얗게
쌓이고 또 쌓이고

초로의 밤

차디찬 겨울밤 한가운데
그 밤 속에서 눈을 감는다

마음속 촛불 켜지고
흔들리는 불빛 사이로 밀려온다

세상 소용돌이 속에 휘청이며 지내온 시간
봐야 할 것을 외면한 순간
내민 손 뿌리쳤던 행동

60 넘은 초로의 인생 이제나마
마음 문 열어 욕심의 실타래 풀고
생각 열어 희로애락 날려 보내며
귀를 열어 양심의 소리 기울여 본다

눈 감고 뜰 수 없는 그때
나의 현재가 과거가 되는 그날이 오기 전
보이지 않는 것들에
눈길, 손길, 마음길이 열리기를 소망해 본다

밤이 되어야
보이는 것들이 있다

유안이를 반기며

기쁨으로 기다렸고
무릎 꿇어 기도했던
여리고 이쁜 숨소리로 날아온 깃털 하나가
살포시 날아와 내 품 안에 안겨 온다

나의 호흡하는 숨과 함께
공감의 숨결로 화답한다

부디 이 세상 속에서
너 하나의 미소가 별이 되어 빛나고
너 하나의 사랑이 꽃이 되어 향기를 품으며
너 하나의 꿈이 우리의 희망이 되기를

마음이 저리도록 사랑스런 너
우리들 마음 속 정원에서
함께 피어오르기 바라며

*2021.03.07 할배가 손녀 유안에게

축제

모든 것 다 털어내고
파라디 파아란 하늘을 떠받치고 있는
앙상한 나뭇가지

희망의 푸른 잎을 내고
열정의 꽃무리를 피워내며
겸손의 낙엽을 미련 없이
떨구었던 지난날의 시간들

하늘꽃 사뿐히 내려쌓여
눈꽃으로 단장하는
그날을 사모하며
한해 추억의 마지막 축제를
준비하고 있습니다

오월 바람

바람이 붑니다
오월의 그대 바람이

얼굴을 감싸는 바람은
그대의 부드러운 손길
코끝 스치는 바람은
그대의 달콤한 향기
귀밑 간지럽히는 바람은
그대의 숨결 같은 속삭임

바람꽃 떨어져 쌓이듯이
내 마음은 어느덧
그대의 그리움으로 쌓이고 있습니다

제6부

순례길

당신의 길

매일 걷고 있는 이 길

가시밭길이라며
몸과 마음에 기쁨도 감사도
없었던 그 길

이미 반짝반짝 닦아놓은
인도하신 길이었고
소망의 길이었으며
은혜의 길이었음을

가던 길 멈춰 무릎 꿇고
속죄와 감사의 눈물을
머금는다

당신의 바람 · 1

이 바람 불어
나의 체취는 날아가고
당신의 향기만이 있기를

이 바람 불어
나의 욕망은 사라지고
당신 향한 소망만이 가득하기를

이 바람 불어
내 맘 속 가라지밭이 변하여
당신 사랑의 꽃밭으로 피어나기를

매일매일 나의 바람은
당신처럼 죽지 못해도
당신처럼 살아가기를

당신의 바람 · 2

바람이 붑니다
당신의 바람이 불어옵니다

바람 속 세미한 소리로 말씀하시는
당신의 온화한 음성
바람결에 담겨져 전해 오는
당신의 사랑 숨결
바람 속 습기에 머금은
당신의 인내 눈물
바람 내음 속에 피어나는
당신의 은혜 향기
바람 속 온기로 감싸주시는
당신의 따스한 위로
바람이 붑니다

우리를 위해 당신이 값없이 주시는
구원의 바람이 불어오고 있습니다

나의 기도

그대가 있기에

그와 나를 있게 한
그 님이 계셨기에

그와 나를 만나게 한
그 주님이 인도하셨기에

그와 내가 동행하게 한
그 주님의 계획이 있었기에

모든 것이
주님의 은혜와 사랑이었음을

사랑의 결실이
새로운 열매가 되게 하신
오직 주님의 뜻에
무릎 꿇어 기도합니다

만추여행

무성했던 잎은 떨어져 낙엽으로 딩굴고
화려했던 단풍도 옷을 벗어버린 즈음
메말라가는 가지들을
부끄러운 마음으로
마주 대하고 있습니다

보이는 것들에 정신이 가리우고 마음을 빼앗겨
그 뒤로 묵묵히 몫을 감당하고 있는 존재들이 있었음을
잊고 살아온 건 아닌지

보이지 않는 당신의 사랑과 은혜로
지금은 내가 존재하고 있음을

싸늘한 만추의 풍경 속
눈감고 머리 숙여
언제나 나를 감싸고 있는
당신의 향기를 좇아
마음속 여행을 떠나고 있습니다

새해

새해에는 복음의 길을 걷겠습니다

지나간 후회나 허물
맡기고 내려놓으며
환하고 푸르른 은혜의 빛 속에서
값없는 따사로운 사랑
싱그러운 말씀의 향기
붉은 보혈의 꽃과 함께

한 걸음 한 걸음 인도하시는 그 길을 따라
겸손한 마음과 소망의 시선이 머무는
그곳을 향하여

그렇게 당신을 향한
묵상의 순례길을 걸어 보겠습니다

새로운 집

집을 짓고 싶습니다
새로운 소망으로 마음속에 새집을

예수님 '자기희생' 의 기초 위에
하나님 '사랑' 과 '은혜' 의 기둥을 의지하여
'감사' 라는 보를 올리고
'기쁨' 의 지붕을 얹어서
'찬양' 이라는 십자가를 달은 집

새해에는 이런 집을 짓고 싶습니다

새해맞이 · 1

유한한 시간 속의 존재
무한한 향한 치열한 질주 끝
흙으로 돌아갈 진리 앞에
오직 할 수 있는 일이란
하루를 천년같이 천국같이
살아내는 것임을 새기며
새해 새 아침의 시작을 맞이합니다

새해맞이 · 2

새해에는
달콤하되 너무 달지 않은
행복의 겸손과
쓰다고 해도 너무 쓰지 않은
시련의 인내로
맞이하게 하소서

성탄절 아침에

당신의 뜻으로
세상에 기쁜 소식 전하는 아기예수의 탄생

당신의 눈물로
이 땅에서 받게 될 예수의 고난

당신의 계획으로
죄 없이 죽어가야 할 예수의 숙명

당신의 사랑으로
인류의 죄를 대속할 예수의 죽음

당신의 은혜로
세상에 구원을 주실 예수의 부활

알파요 오메가이신 당신이
이 세상에 오신 날
찬양과 경배를 바칩니다

순례길

지나온 나의 인생노트에
얼만큼의 빛이 있었고 꽃이 있었는지
또 얼마만큼의 어둠과 좌절이 있었는지

곡절마다 고비마다
당신의 손과 숨결이
위로하며 인도하셨음을

나의 빛바랜 시간에도
새 빛으로 소망 주시는 주님을 바라보며
겸손한 마음으로
묵상의 순례길을 떠나봅니다

순종

항상 기뻐하겠습니다
이미 받은 사랑과 은혜 속에서
기쁨으로 충만키 위해

쉬지 않고 기도하겠습니다
진리의 말씀 속에서
겸손함을 잃지 않기 위해

모든 일에 감사하겠습니다.
매 순간 숨결에 감추어진
천국의 기적을 살기 위해

당신과 함께하겠습니다
기뻐하고 기도하며 감사하는 지금 이 순간
영원으로 가는 경계에서 다시 태어나기 위해

은혜

숨이 주어졌다
첫소리와 함께 하늘이 열렸다

숨 속에 살아온 시간
기쁨의 큰 숨
좌절의 한숨
슬픔에 떨리는 숨
소망이 벅차오르는 숨

숨이 주어진 것은
숨이 거두어질 때가 있는 것

모든 것이 은혜다
숨이 시작되고
숨이 끝나고

날숨과 들숨 사이에 주어진 생명
은혜로 하늘이 열리고
은혜로 땅으로 돌아간다

이 모든 것이
그의 값없는 은혜다

허상

뒤돌아선
그대 얼굴 보고파

가슴 저리며 외쳐 불러
나를 향해 얼굴 돌려주었건만

그대의 시선은
이미 내가 아니었기에

나는 고개 돌려
나를 떨구었다

그러나
나는 이미
그대 안에서 안식하고 있었다

기도하는 손

차디차게 부는 바람에 버리고 떨구어 가며
한 해의 갈무리 중인 나뭇가지들

앙상하게 메말라가도
기도하는 손이 되어 하늘을 떠받치며
고요한 침묵의 시간을 맞이하고 있습니다

언젠가 영광의 하늘 꽃으로 단장할 그날을 기다리며

또한 새롭게 다가올 새해 사명의 순간들을 꿈꾸며

면죄부

폭풍우와 먹구름 저 너머로
빛나는 별을 볼 수 있는 소망
돌무더기 너머로
한칸 한칸 성벽을 쌓아 올리는 꿈
꽃을 보고
생명과 우주의 신비가
깃들어 있는 감동
이 모든 것들이 있다 하여도

바로 곁에서 우리를 보호하시고
진흙탕 길에서 우리를 안아 건너시며
오롯이 우리를 위해
스스로의 고난 속 자기희생과
죽음의 십자가를 구원으로 바꾸신
당신의 사랑과 은혜로

지금을 살고 있는 우리들에게는
세상이 주는 면죄부란 없다

춘심

겨울의 뒷자락이 아쉬워
떠나보내지 못하고
여름의 짙푸르고 강렬한
손짓도 외면하며

누구 것에도 마음 주지 않는
마치 경계선의 외줄타기하는
여인의 마음이로세

제 7 부

허공

나의 꽃

나의 꽃은 갔습니다

나를 꽃이라 불러주던 그 꽃

내가 꽃이 되도록 거름이 되어준 그 꽃

내 마음 꽃병 속에 영원한 미소의 그 꽃

고개 숙인 채 떨고 있는 초로의 꽃

마른 꽃잎 하나가 떨어집니다

그녀 · 1

그녀가 아프답니다
많이 아프답니다
나도 아픕니다
40년 휘감은 추억에
내 가슴 한없이 저려 옵니다

그래도 그녀는 웃고 있습니다
자기 아픔보다 보는 이의 아픔을 보고 있습니다

내가 해 줄 것이 없습니다
그녀는 그런 나를 향해
괜찮다는 듯 미소짓고 있습니다

누가
누구를
위로하고 있는지 모르겠습니다

그저 할 수 있는 건
눈감아 마음 쓸어내리고
기도할 뿐입니다

그녀 · 2

그녀는 자고 있었다
날개 다친 채 지쳐 누운
둥지 속 파랑새처럼

언제였던가
포근하고 아름답던 깃털로
사랑하는 아들을 감싸며
온기를 전해 주던 마음

언제였던가
맑게 빛나던 영혼으로
태양의 희망을 비추고
단비의 생명을 주던 사랑

지금 그녀는…
몽당심지의 희미한 촛불
연약한 바람에도 떨어질듯이 흔들리는 잎새

무엇이 그리 힘들었는지
먹구름 속 한 줄기 바람에 맥없이 쓰러졌고

무엇이 그리 급했는지
누구도 가야 하는 그 길을 왜 재촉하고 있는가

지금이라도 일어나 두 손 부여잡고 포옹하며
사랑한다고 말하는 그녀를 보고 싶다
이슬 맺힌 눈망울 속
고마움의 눈짓으로 말하는 그녀를 보고 싶을 뿐이다

더 이상 그녀는 말이 없다
나도 그저 바라볼 뿐
이렇게 또 그렇게 또
보낼 수밖에 없는
빈 들녘 허수아비 마음이
서럽게 몰아쳐 온다

그녀 · 3

언제나 밝은 모습으로
누구에게나 선뜻
마음 문 열어 반기던 그녀

갑작스런 어느 날
병마에 치이어 쓰러졌고
몸과 맘이 약해져 갈 때도
그녀의 사랑은
언제나 주위를 환하게 하였고
따뜻하게 만들었지요

그러나 이제
그녀의 영혼은 희미한 불꽃으로
가늘고 앙상해진 육체는 흩어질 듯한 깃털로
우리와의 이별을 준비하고 있습니다

아직 우리는 그녀를 놓아줄 준비가
안 되어 있는데 말입니다

메말라버린 눈망울은
오직 허공만을 맴돌고 있습니다

그녀 · 4

파랑새가 떠나간 그 자리

이슬 맺힌 눈으로
물끄러미 바라볼 뿐

마음 속 빈 들녘엔
무심한 바람만이 휘몰아치고

그녀 · 5

그녀가 떠난 후에
가족들을 보고 있습니다

친구의 말 속에서
그녀는 눈물짓고 있네요

딸아이의 미소 속에
그녀가 다소곳이
미소 짓고 있고요

그녀의 가족 얘기 속에서 조용히 속삭이는
그녀만의 사랑 얘기가 들리기도 합니다

오늘도 또 그녀는
내 맘 속에서 울고 웃고 있습니다

솔밭 향기

만나고 볼수록
솔향기 감도는 친구들

얘기하며 웃을수록
밭내음 구수한 동기를

그 옛날 율전 솔밭포차
우리들은 들꽃이었고
바람이었다네

먹구름

– 박상근(같은 교회 젊은 집사) 하늘로 간 날

숨 막히던 더위를 어두운 먹구름이 가리우던 그날 밤
한 통의 메시지가 나의 마음을 찢고
소리 없는 절규로 외치게 합니다

많이 힘들어 한다고 했답니다
마지막을 준비하라는 소리도 들렸습니다
할 수 있는 것이 기도밖에는 없다고 했습니다

그러나 그는 갔습니다

주님께 숨결 받은 순서도 잊었는지
무엇이 그리 급하다고 하늘길을 밟았는지
남아 있는 이들에게서 왜 따스한 손길을 거두어 갔는지

있는 듯 없는 듯하던 그대
반듯하면서도 언제나 그 자리에서 미소짓고 있던 그대
목소리는 조용했으나 순종이 묻어 있었고
손짓은 작았으나 배려의 따스함이 있었으며
미소는 부드러우며 사랑이 깃들어 있던 그대

잘 될 거라고 기도하자고
한 번 더 손잡아 보지 못한
나의 곰배팔 마음이 미워집니다
아니 내 마음을 미워하게 한 그대가 밉습니다

그가 있던 곳을 물끄러미 돌아봅니다
아직도 그대의 부드러운 미소가
우리를 향해 맴돌고 있습니다

그대가 있던 그 자리에는

- 후배 김강목이 하늘로 간 날

이럴 수는 없습니다
주님께서 그대에게 주신 말씀과 지혜와 사랑을
하나의 소리로만
의미 없는 몸짓으로만
스쳐가는 바람으로만
놓아두게 해서는

이럴 수는 없습니다
그대의 부드러운 손길과 다정한 미소가
어우러지고 수놓아진
유족들의 사랑의 마음자리에
슬픔과 고통이 있게 해서는

이럴 수는 없습니다
고맙고 미안하고 사랑한다는 말 한 마디도
할 수 없게 만든 그대
이제는 말하고 싶어도 들어주지도 못하기에
단지 빈 가슴만을 쓸어내릴 수밖에 없게 해서는

텅 빈 들녘에
외롭게 뽑혀져 널브러진
허수아비의 심정은 아랑곳하지 않고
그대가 있던 그 자리에는
여전히도 무심한 바람과 무정한 햇살만이

그리고 이제는 그대만이 없을 뿐
아무것도 바뀌지 않았다는 현실에
그저 공허함만이 맴돌고 있습니다

우리들 정원

세월 흐름 속 이어져 온
공감의 관계에서
서로에게 햇빛 되어
사랑꽃을 피워가며
비바람 속에서도 부대껴
의지하는 어우러짐으로
우리들의 작고 아름다운
정원을 가꾸어 가기를

마곡 · 1

송현리 매서운 칼바람을 품고 또 품어
발밑 뽀드득 소리로 길 안내하는 함박눈 길

칠흑 같은 어두움 속
갈지자로 걷고 또 걸어
마곡* 앞에 이르르니

비오큐 연통의 뽀얀 연기
방마다 새어 나오는 불빛
왁자지껄 터지는 웃음소리

마곡 건너기가 왜 이리 먼 것인가

*마곡: BOQ 앞 시냇물임

마곡 · 2

세월 꽃을 품어 희어진 머리
세상 바람에 거칠어진 주름

잔이 부딪친다
마음이 부딪친다

사랑과 우정이 휘몰아쳐
세월을 마신다

마곡 · 3

세상과 세월이 만든 시간 속에서
부딪히고 흐르고 흘러들어

마곡의 시간에 머물러
소용돌이 속 얽히고 섞이다가

왔던 길 미련 없이
툭툭 털어버린 채
각자의 시간 속으로

이제는 다시 돌아와
마곡의 시간에 기대어
서로에게 위로 되기를

가을 · 1

가을이 오고 있다

울어대는 까치소리가 귓가를 울린다
이 가을은 무르익어 가는데
무릇 인생들은 어찌 익기도 전에
먹구름 속으로 휘저어가며 떨어지려는가

설마라는 단어가 현실로 다가와
필연처럼 우리의 발을 묶는 괴로움은
과연 어디서 와서 언제나 떠나려는가

시간이라는 흐름만이 위로가 될 뿐
이는 바람에 떨어져 구르는 돌돌 말린 낙엽
우리네 굽어가는 허리를 부여잡는
텅 빈 가슴 속으로 파고들고 있다

가을은 이렇게 쓸쓸히 다가오고 있다

가을 · 2

가을의 소리가 들린다
가을의 모습도 보이고
가을의 추억도 다가온다

이 가을은 부지불식간에 형형색색으로 물들며
이른 낙엽 또한 뚝뚝 떨구고 있다
그리움이 내 맘속으로 떨어지듯…

비가 내린다
소리 없이 숨죽여 내린다
힘들었던 수고의 땀방울이 떨어지듯…

어느덧 이 가을은
이어오는 또 다른 계절의 문턱에서
이 비를 맞으며 엄숙히 기다리고 있다

율전

세상과 세월이 만든 시간 속에서
부딪치고 흐르고 흘러들어

율전*의 정열에 휘감겨
뜨겁게 얽히고 설키다가

아쉬움과 그리움을 뒤로한 채
각자의 시간 속으로

수고하고 돌아온 그대들
이제는 율전의 시간에 기대어
서로에게 위로 되기를

*율전: 지명임

세월호

꿈이기를 바랐습니다
꿈이었기를 바랐습니다
꿈이 아니기를 바랍니다

나부끼는 머리카락과 재잘거리며 함박웃음 웃는 나의 딸들아
팔씨름 자랑하며 날렵하고 생각 깊은 듬직한 나의 아들들아
칠흑 같은 어둠 속 얼음같이 차디찬 물속에서
얼마나 춥고 무섭고 떨렸을까
아니 얼마나 간절히 생사의 갈림길에서 발버둥쳤을까

우리들의 무책임 무상식 무관심으로
우리 애들이 울며 떨고 있네

따스한 구조의 손길을 애타게 기다리며
희망의 끈을 놓지 않았던 그 여린 손에 서서히 힘이 빠져간다
원망조차 할 수 없었던 그 맑은 눈빛은 꺼져가고 있었다

그리움

•

지은이 / 김희남

발행인 / 김영란

발행처 / **한누리미디어**

디자인 / 지선숙

•

08303, 서울시 구로구 구로중앙로18길 40, 2층(구로동)

전화 / (02)379-4514, 379-4519

Fax / (02)379-4516

E-mail/hannury2003@daum.net

•

신고번호 / 제 25100-2016-000025호

신고연월일 / 2016. 4. 11

등록일 / 1993. 11. 4

•

초판발행일 / 2024년 2월 15일

•

•

값 12,000원

•

•

ISBN 978-89-7969-887-9 03810